KB269338

행복한 돈 불행한 돈

행복한 돈 불행한 돈

막강한 힘으로 때론 우리를 미치게 하는 돈 이야기

행복한 돈 불행한 돈

로버트 맨코프 엮음 | 양기찬 옮김

문이당

주목!
이 서문 중간쯤 당신은 빌 게이츠가 제일 좋아하는
열 가지의 주식을 알게 될 것이다!

사실 위의 말은, 단지 당신의 관심을 끌기 위해 한 뻔뻔스러운 거짓말일 뿐이다. 〈뉴요커(The New Yorker)〉 만평들에 대한 서평을 쓴다는 것은 아무리 자신만만한 사람이라도 승리의 순간에 장애물과 맞닥뜨리는 것 같은 느낌을 가지게 할 것이다. 그러나 열 명 중 한 명이라도—어쩌면 당신이 책을 매우 느리게 읽는 사람이든지, 아니면 서점의 매장 직원이 이 책에 흘려 놓은 꿀에 당신 손이 붙어서 첫 시사만화를 보기도 전에 페이지를 넘기지 못하고 있다 하더라도—이 서문을 읽고 있다면, 건너뛰지 말고 계속 읽는 것이 좋다. 비록 당신이 읽은 후에 이렇게 말할지라도.“이봐, 나는 이 〈뉴요커〉의 시사만화들을 엄청 좋아하거든, 그런데 왜 서문을 넣어서 내 시간을 허비하게 하는지 이해를 못하겠어.”

우리 세대가 학교에 다닐 때, 의미를 해석하고 생각하라고 주어졌던 첫번째 라틴 인용문은 초서*의 케케묵은 다음과 같은 이야기였다. “돈에 대한 사랑은 모든 악의 근본이다.” 내가 5학년이었던 그 당시에는 적절한 표현이라

---

* Geoffrey Chaucer. 영국의 시인. 1340~1440(이하 모든 *은 역자주임).

고 느꼈었다. 하지만 현재 5학년짜리 아이를 둔 학부모인 나는 이제 다르게 번역할 것이다. '돈에 대한 사랑은 모든 학비의 근본이다'라고. 우리가 돈에 관한 주제를 다루고 있는 〈뉴요커〉 시사만화들을 읽으면서 고상한 생각을 한다는 것은 아마도 매우 어리석은, 더 나아가 바보스러운 짓이라고 할 수 있을 것이다. 우리는 솔직해져야 한다. '돈에 대한 사랑은 모든 것의 근본이다'라고.

1925년 이래로 〈뉴요커〉에는 6만 개의 시사만화들이 실렸는데, 돈은 항상 유머의 소재가 되어 왔다. 초창기 편집장이었던 해롤드 로스는 소액의 경영 자금만을 모을 수 있었고, 직원들의 근무 환경은 매우 열악하였다. 하지만 어느 누구도 그것을 불편하게 생각하지는 않았다. 〈뉴요커〉의 창업 멤버였던 작고한 브렌단 길은 자신의 자리에 가기 위해 다른 세 명의 책상 위를 넘어가야 했던 매우 황당한 이야기로 수많은 청취자들에게 웃음을 주었다. 어느 날 로스가 도로시 파커에게 왜 마감 시간에 맞추어 기사를 제출하지 않았냐고 물었다. 그녀는 이렇게 대답했다. "다른 사람이 내 연필을 사용하고 있었기 때문이죠."

돈과 관련된 유머는 〈뉴요커〉의 역대 직원들에게 많은 즐거움을 주는 원천이 되어 왔다. 제임스 더버의 단편 소설 〈월터 미티의 숨겨진 삶〉이 대니 케이 주연의 영화로 크게 성공하자, 사무엘 골드윈은 더버를 잡지사로부터 자신의 영화 스튜디오의 계약 필진으로 스카웃하려고 했다. 골드윈은 그에게 주당 5백 달러를 제시했으며, 이 금액은 1947년 당시 대부분의 뉴욕 작가들—사실은 뉴욕의 모든 작가들—을 흔들리게 할 만큼 큰 금액이었다. 그러나 더버는 로스가 그 인상액만큼 급여를 올려 주었다고 통보했다.

골드윈은 할리우드를 어느 정도 알고 있었지만, 해롤드 로스가 주당 5백 달러를 주기는커녕 연필 한 자루도 사주지 않는 인물이라는 사실은 전혀 모르고 있었다. 이 영화 거물은 더버에게 주당 1천 달러를 제시했다. 그러자 더버는 그가 제시한 인상액 만큼을 로스가 더 올려 주었다고 통보했다. 골드윈은 다시 1천5백 달러로 올려 제시했지만 더버는 전과 동일한 답변을 하였다. 약이 오른 골드윈이 주당 2천5백 달러(요즘 가치로 환산하면 18,972.60 달러)를 제시했지만, 더버는 꿈쩍도 하지 않았다.

결국 골드윈은 더버에게 더 이상 관심을 두지 않았으며 성가시게 조르던 것도 그만두었다. 그런데 얼마 후, 그는 다시 유혹을 시작했다. 그는 더버에게 그전에 제시했던 2천5백 달러를 무시하고 이번에는 1천5백 달러를 제안했다. 그러자 더버는 "미안합니다만, 로스 씨가 당신이 감액한 금액에 맞추어 주셨습니다"라고 대답했다.

20세기 문학과 문화는 더버의 놀랄 만한 저항 때문에 더 풍성해졌다고 할 수 있다. 그러나 〈뉴요커〉의 많은 직원들이 할리우드의 유혹에 넘어간 것도 사실이다. 그중 한 명인 존 맥널티가 서부로 향했을 때, 로스의 고별사에는 나음과 같은 문구가 포함돼 있었다. "좋아, 신의 가호가 있기를, 맥널티, 제기랄."

로버트 맨코프, 〈뉴요커〉의 시사만화 편집장으로서 — 자신의 만화들도 이번 시사만화집에 내놓았으며 — 이번 시사만화집을 구성한 그의 말에 따르자면, 1986년 이후 〈뉴요커〉에 실렸던 1만 3천 개의 시사만화들 중 4분의 1은 비즈니스와 돈에 관련된 것이었다. 그러나 대다수의 〈뉴요커〉 시사만화가들은 그가 고통스럽게 지적하듯, 돈하고는 거리가 멀었다.

돈을 ‘조금’이라도 번 사람이 있을까?

“거의 근처에도 못 가봤다고 할 수 있지요!”

이러한 냉혹한 현실은 그들의 사회에 대한 풍자가 어떠했을지를 설명해 준다.

사랑, 죽음…… 변호사, 고양이 등 다른 많은 주제들을 고려해 볼 때 4분의 1은 매우 높은 수치라고 할 수 있다. 그러나 맨코프는 최근까지(1992년 티나 브라운이 편집장으로 오기 전까지) 〈뉴요커〉의 시사만화들은 인생에 있어서 중요한 주제 중 하나(섹스. 쉿……)를 전혀 다루지 않았다고 설명한다. 그는 돈과 사업에 관한 시사만화가들의 집착은 이러한 금지 영역에 대한 ‘대체욕(代替慾)’ 때문이라고 한다. 우리는 그의 지적을 쉽게 이해할 수 있다. 성에 대해 표현을 못한다면, 돈에 대해서라도 해야만 했을 것이다. 돈 역시 꽤 흥미로운 주제이기 때문이다.

“나는 사랑에도 지쳤고, 사랑의 달콤한 말들에도 지쳤어. 하지만 돈은 항상 내게 즐거움을 주지”라고 힐레어 벨록이 말했다. 아니면 잭 베니가 그의 대표적인 방송 프로그램에서 했던 농담을 들어 보자. 그를 세운 강도가 “돈을 줄래, 아니면 목숨을 줄래”라고 협박했음에도 아무런 대답이 없자, 강도는 왜 대답이 없냐고 다그쳤고, 그가 했던 대답은 “생각 중이야……”였다.

1980년대가 월 가의 부(富)에 대한 이야기가 주를 이루었던 시기였다면, 1990년대는 트리클-다운* 머니가 화제였다. 당신 돈, 내 돈, 다른 사람의 돈, 즉 다시 말하자면 “왜 그는 나보다 돈이 더 많을까?”였다. 물론 1990년

---

* ‘넘쳐흐르는 물이 바닥을 적신다’라는 뜻으로 이는 대기업과 부유층의 부를 먼저 늘려 줌으로써 국가 경제 발전과 국민 복지 향상을 꾀하는 경제 정책을 말한다.

대는 돈 이외의 다른 화젯거리들이 많았다. 인터넷, 이메일, 휴대 전화, IPO*들, 마이크로소프트, 아마존 닷컴, 그리고 하룻밤 사이에 닷컴화되는 수많은 것들. 그 변화에 보조를 맞추기 위해서라도 펜티엄 컴퓨터가 필수적이었다. 그러나 결론적으로, 이 모든 잡다한 경이로운 발명품들 간에는 공통점이 한 가지 있다. 즉, 카바레의 가수가 "돈, 돈, 돈, 돈, 돈" 하며 외치듯 말이다(너무 세상을 단순화시키는 것은 아니지만).

〈월 스트리트 저널〉에 따르면, 지난 5년 동안, 미국 가정들은 13조 달러라는 새로운 부를 축적했다. 만약 당신이 이 금액을 매우 크거나 엄청난 양의 돈이라고 생각한다면, 연방 준비 은행 의장인 앨런 그린스펀이 설명하는 것처럼 당신도 현실을 정확하게 파악하고 있는 것이다. 13조 달러는 미국의 전체 채권 시장의 규모와 맞먹는 돈이라고 할 수 있다. 1989년 〈포브스〉에서 선정한 4백 명의 부자들 중 1위는 존 클루지였으며, 그의 전 재산은 52억 달러였다. 그러나 1999년에 동일 리스트에 오른 부자들 중 1위는 놀랍게도 9백 억 달러를 가지고 있던 빌 게이츠였다. 내가 경제학 원론을 배운 지는 꽤 오래되었지만, 아마 이것이 바로 기하급수적인 성장을 말하는 것이리라 생각한다. 내가 가장 좋아하는 〈뉴요거〉 시사만화 중의 하나는—비즈니스에 관한 시사만화집에 실려 있는—뉴욕 시의 타임스 스퀘어** 근처에 있는 국가 부채(負債) 시계를 모방한 존 아지의 작품이다. 이 시사만화의 제목은 〈빌 게이츠의 돈〉이다. 계속 증가되는, 전혀 이해할 수 없는 불빛의 숫자들

* Initial Public Offering. 주식 공개 상장. 기업이 최초로 외부 투자자에게 주식을 공개·매도 하는 것으로 보통 주식 시장에 처음 등록하는 것을 말한다.
** 미국 뉴욕 시 맨해튼 중심부에 있는 번화가.

아래 다음과 같은 문구가 쓰여 있다. '당신 가족의 기여분.' 이번 시사만화집에는 믹 스티븐스의 '당신의 피자에 들어간 비용'이 포함돼 있다. 피자를 구성하는 재료들인 페퍼로니, 버섯, 보험료, 세금…… 이 모든 것이 당신이 피잣집 주인의 부에 기여한 것이다.

단지 부자들만 더욱더 부유해진 것이 아니라 모든 사람들이 더 부유해졌다(아니지…… 당신과 나만 빼고). 고등학교를 같이 다닌 한 이상했던 아이는 지금 자신의 걸프스트림 V 비행기를 소유하고 있다. 〈뉴욕 타임스〉의 베스트셀러에 가장 오랫동안 올라 있던 책은 《옆집 백만장자》였다. 저자의 말에 따르자면, 슈퍼마켓에서 당신 옆에 있던 사람은―상표 없이 제일 싸고 양이 많으며 건포도가 들어 있는 시리얼을 찾고, 8년 전 통신 판매를 통해서 산 찢어진 스웨터를 입고 있으며, 12년 된 낡은 코롤라를 몰고 다니지만―크로이소스*보다도 더 큰 부자인 것이다!

내가 어렸을 때(1960년대) 텔레비전 쇼 중 가장 재미있었던 것은 〈백만장자〉였다. 이는 돈 많은 할아버지가 실의에 빠진 사람들에게 1백만 달러씩 나눠 주는 것이었다. 물론 이러한 횡재가 그들의 생활을 나아지게 했다고는 할 수 없다. 그러나 나에게는 쇼의 이름 자체만으로도 매우 색다르고 매혹적이며, 얻기 어려운 것들을 상상하게 해주었다. 옛날에 당신의 부모님들은, "그는 백만장자야" 하고 조용히 속삭였었다. 그리고 부자들은 《위대한 개츠비》의 이스트 에그**와 같은 장소―"부자들끼리 어울려 폴로 등을 함께 즐겼던"―에 모였었다. 그러나 현재 그들은 옆집에 산다. 또한 너무 많아서

---

* 기원전 6세기의 리디아 최후의 왕. 큰 부자로 유명함.
** 뉴욕 시 동쪽의 롱아일랜드의 지명. 부유층 거주지로 유명하다.

이스트 에그에 다 들어가지도 못할 것이다. 아마 시애틀* 역시 비좁아지고 있을 것이다.

1950년대와 1960년대에 사람들에게 수입이 얼마냐고 질문하는 것은 실례라고 생각했다. 하지만 요즘 잡지들은 '누가 얼마나 벌었나'에 관해 전체 지면을 할애한다. 나는 월트 디즈니가 자신의 매직 킹덤**에서 얼마를 벌었는지에 대해 생각도 안 했고, 관심도 없었다. 그러나 얼마 전 디즈니의 회장인 마이클 아이스너가 놀랍게도 5억 7천만 달러를 받는다는 것을 신문 지면을 통해 알게 되었다. 나는 아마도 그의 월급에 우리 가족이 기여한 금액도 산출할 수 있을 것이다. 나는 왜 작년에 5억 7천만 달러를 벌지 못했을까? 아마도 나는 로즈 채스트의 원더 지갑(16쪽)이 필요한 듯하다. "이 지갑은 7달러밖에 들어 있지 않은데도 **마치 7백 달러가 들어 있는 것처럼 보이네!**" 에머슨의 말을 빌리자면, 〈뉴요커〉 시사만화가들의 통찰력은 우리가 무엇을 생각하고 있는지 정확히 안다는 것이다.

나는 이 책의 출간 시기가 미국이 돈에 대해 광적인 모습을 보였던, 우스웠던 세기의 끝을 장식하고 있다는 점에서 아주 적절하다고 생각한다. 〈뉴요커〉의 시사만화만큼 한 시대의 흐름을 보여 줄 만한 것은 없을 것이다. 그리고 우리의 시대 정신이 이곳에 재미있게 기록되어 있으며, 특히 47쪽에 있는 가한 윌슨의 시사만화는 이를 잘 반영한다. 교도소의 2층 침대에서 윗침대에 있는 죄수가 즐거운 표정으로 아래 침대의 시무룩해 있는 죄수에게 말

한다. "어쨌든, 나의 브로커와 같은 감방에 있으니 정말 좋구먼!" 에드워드 프래시노의 시사만화는 모든 것이 매매되는 시대 상황을 잘 요약해 주고 있다. 이빨 요정*이 침대에 누워 있는 한 노인의 곁을 맴돌면서 하는 말. "안녕, 나는 이빨 요정인데, 혹시 당신이 어렸을 때 내게 팔았던 이빨을 다시 사고 싶은 생각 없어요?" 1990년대에 우리는 건강 관리 ―"관리당한"―에 많은 시간을 보내 왔다. 프랭크 코트햄은 의사가 실의에 빠진 사망자의 가족을 응급실 앞에서 위로하는 시사만화로 시대의 흐름을 매우 정확하게 꼬집고 있다. "그의 마지막 유언은 모든 병원비가 즉시 지불되는 것이었습니다." 그리고 70쪽의 버나드 쉰범의 시사만화는 두 늙은 개들의 대화 속에 웃음과 교훈을 담고 있다. "현실을 직시하자고…… 사람들의 가장 친한 친구는 바로 돈이야."

그럼에도 〈뉴요커〉 시사만화들이 가장 빛나는 것은, 이 책에 실린 것처럼 어느 특정한 시대를 표현하는 것으로 끝나지 않는다는 것이다. 그것들은 일시적인 것이 아닐뿐더러, 시간에 얽매이지 않는다. 시사만화들에 담긴 재치, 즐거움 그리고 ― 말해도 될까? 그래 말하는 것이 좋을 듯싶다! ―진실은 우유처럼 유통 기간이 있는 것이 아니다. 그것들은 2099년에도 1999년에서처럼 우스울 것이다. 우주를 지배하는 어떤 통치자가 어떤 시간이든지, 어느 세기이든지 간에 믹 스티븐스의 다음 만평을 본다면 웃지 않고는 견딜 수 없을 것이다. 천국의 문앞에서 잔뜩 찌푸린 얼굴로 성(聖) 피터가 자기 앞에 서 있는 한 남자에게 하는 말, "신보다 돈이 더 많다는 것이 너의 가장 큰 죄

---

* 어린 시절 이를 빼서 베개 밑에 놓고 자면 돈을 놓고 이를 가져가는 요정.

이니라”. 그리고 레오나르도 다 빈치가 큰 캔버스에 “〈모나리자〉 제작비 견적서”를 작성하기 위해 신비한 웃음을 지니고 있는 여인의 초상화 그리는 일을 중단하는 모트 거버그의 시사만화 또한 그러하다. 찰스 바소티는 무대 밖에서 일어나는 일들을 냉정하게 바라보고 있는, 노동에 지친 일꾼 두 명이 다음과 같이 말하는 것을 보여 준다. “저기, 저기 있잖아. 우리에게 손가락으로 욕하는 보이지 않는 저 손.” 이것은 지난번의 경기 침체기와 마찬가지로 1929년에도 유효한 시사만화였을 것이다.

결론적으로, 헨리 마틴의 시사만화—모든 간판, 광고, 천막, 기둥, 깃발 그리고 차 번호판에 ‘돈’이라고 쓰인 거리를 걷고 있는 두 명을 보여 주며, 그 중 한 명이 “기억 나? 불과 몇 년 전만 해도 모든 것이 섹스, 섹스, 섹스였지”라고 말하고 있다—를 보면 적나라하게 핵심이 드러나 있다.

아마도 그럴 것이다. 아니면 항상 돈, 돈, 돈이었나? 당신은 초서에서 그 의의를 찾거나, 혹은 그저 편히 쉬면서 영원히 가치 있는 이 모음집을 즐길 수도 있다.

크리스토퍼 버클리

"부채의 유·무가 고객의 신용을 평가하는 기준이라면, 카드를 펑펑 쓰는
우리의 신용 상태는 매우 좋은 것이겠지."

원 더 지 갑

"오늘은 거래 시장이 아주 활황인걸."

패스트푸드점
나만의 포트폴리오 만들기
BANK

"내 집 마련의 꿈을 이루기 위한 희생이지."

"레오나르드, 나는 돈을 보고 당신과 결혼했는데, 도대체 돈은 어디 있어요?"

"여보, 더 이상 우리가 젊지는 않지만, 그래도 아직 부자잖아."

"열심히 쫓아왔는데 콩 단지라니."*

---

* 미국 사람들은 무지개 끝에 항상 금 단지가 있다고 믿음.

"좋아, 독일 마르크화에 대한 선물 시세가 3월과 4월에 오른 것과 동시에 독일 연방 은행의 외환 보유고가 가파르게 증가했으며 유로달러 시장에 대한 상당한 융자가 있었지. 이 기간 동안 미국의 유동성 보유액은 140억 달러로 줄었기 때문에 마르크화가 오를 것이라는 기대감이 높아져 마르크화에 대한 대규모의 환전붐이 조성되고 있지. 이제 이해하겠어?"

"나는 사냥하고 아내는 부업으로 열매를 채취해. 그렇게 안 하면
절대로 빚 없이 살 수가 없거든."

"잘 오셨습니다. 당신은 지금부터 국세와 지방세 그리고 각종 준조세들을
면제받게 되었습니다."

AMERICAN EXPRESS

"116포인트나 오르다니! 또 뒷북치게 생겼어."

"브로커 도움을 받은 자살인 것 같은데."

"수수료 깎아 줄 테니 소망 세 개만 사세요."

"당신의 병원비 부담을 덜어 드리기 위해, 우리가 당신의 예금을 우선
차압하는 방법을 추천하고 싶군요."

"정부 차원에서 볼 때 우리가 아이들의 돈을 쓰고 있는지 모르지만,
집에서는 정반대거든."

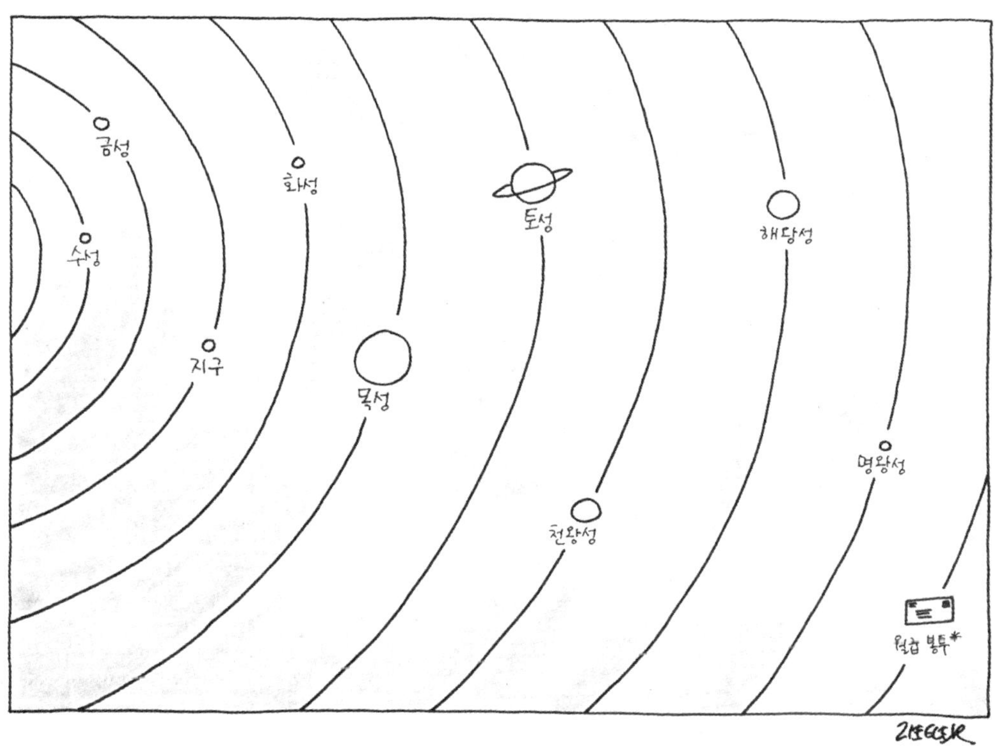

* 다음 월급날까지 기다리기 힘듦을 묘사.

"자, 이제 세상으로 나가거라. 그리고 영수증은 **꼭** 챙기도록 하고."

"에드워드, 돈이 많다는 것이 반드시 좋은 건 아닐 수도 있겠지.
그러나 사실은 좋을 때가 더 많단다."

이상한 퇴직 계획들

1천 달러를 은행에 저금하고 '잊어버리는 거야.'
아마도 30년 후에 나는 이자에 **깜짝 놀라겠지.**

퇴직 계획 따윈 필요 **없어.** 왜냐하면 난 **부자가**
될 테니까, 그렇고말고.

'내 자식들은' 달라. 분명 나를 돌봐 줄
거라 철석같이 믿어.

내일 어떤 **행성이** 지구와 충돌할 수도 있는데
누가 **다음 주에** 대해 계획할 수 있다는 거야?
도대체 미래에 대한 계획은 왜 세우냐고?

"폐하, 폐하의 서명과 운전면허증 그리고 신용 카드가 필요하옵니다."

"신보다 돈이 더 많다는 것이 너의 가장 큰 죄이니라."

"그래, 난 칼만 안 들었지 강도다."

"현금으로 계산하시겠어요, 아니면 빚으로 하시겠어요?"

"졸업생, 교수님, 학부모님 그리고 채권자 여러분……."

"로또 당첨, 이것이야말로 내 노후 대책의 가장 큰 부분이지."

황소, 곰, 개미 그리고 베짱이

모나리자 제작비 견적서   5월 23일 월요일
물품 구입 내역   사용 시간   총 사용률(%)   감가상각률   견적 비용

레오나르도도 피할 수 없는 세금

"돈을 위하여 건배! 비록 쓸모없는 종잇조각에 불과하지만……."

"그의 유언은 다음과 같습니다. '올바른 정신과 판단에 근거해
나는 나의 모든 재산을 날렸다.'"

"어쨌든, 나의 브로커와 같은 감방에 있으니 정말 좋구먼!"

"애들아, 너희 엄마와 내가 건강 보험료로 너무 많은 돈을 지출했으니
올해는 휴가를 포기하고, 대신 우리 식구들 각자가
필요한 성형 수술이나 받자."

"당신은 왜 **내** 수입을 항상 부수입이라고 하는 거야?"

"그들이 최저 임금을 어떻게 정하든 난 관심 없어.
최고 임금만 건드리지 않는다면 말이야."

"그래, 요즘 좀 어떤가?"

"나도 생각은 세계화되어 있지만, 가진 돈은 동네에서 쓸 정도밖에 없지."

"멋진 저녁 식사 정말 고마웠어. 그런데 영수증 필요 없으면, 내가 가져가도 될까?"

변호사 사무실

"어떤 사람들은 27년 동안 한결같이 헌신해 온 아내의 희생이 금전으로 환산될
수는 없다고 하지만, 그들은 잘못 생각하고 있는 겁니다."

"벌써 나이가 마흔일곱이나 됐는데 아직도 개미 투자가 신세라니……."

"우리는 돈도 없고 그렇다고 얼굴로 먹고 살 수도 없으니 이미 글렀어."

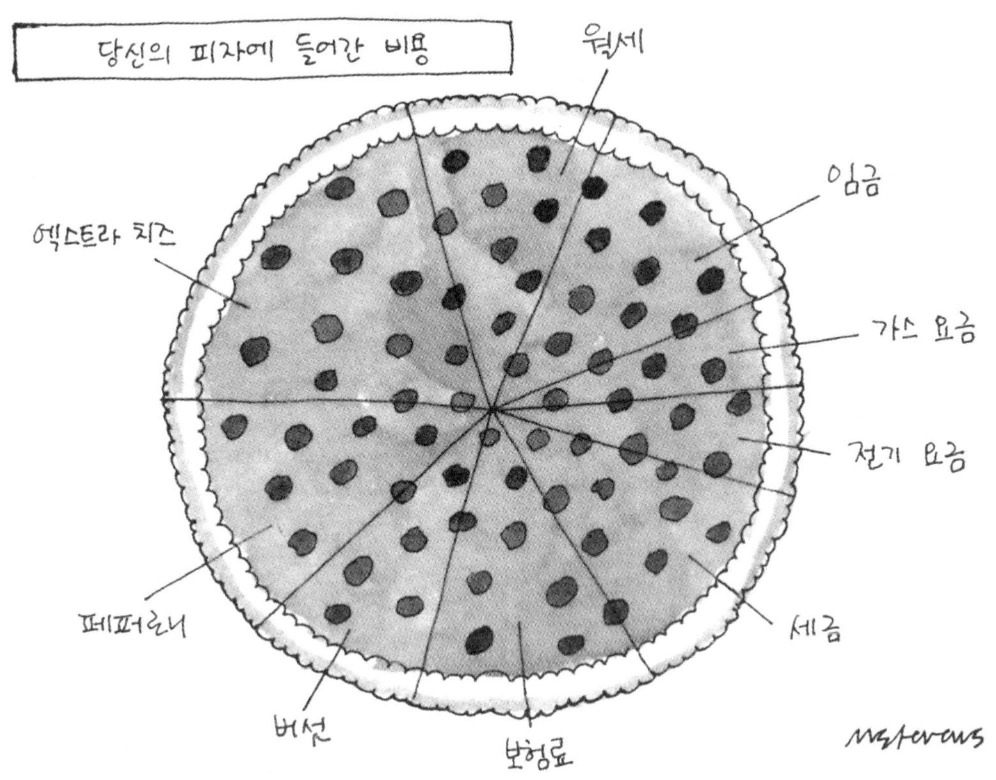
당신의 피자에 들어간 비용
월세
임금
엑스트라 치즈
가스 요금
전기 요금
페퍼로니
세금
버섯
보험료

"얘야, 네 학비에 대해 상의 좀 해도 되겠니?"

숫자에 약한 사람들을 위한
간편한 **개인 소득 신고 서식**

"지금 마이크로소프트 사의 어느 백만장자를 생각하고 있는 거지?"

"당신의 어머니께서 분산 투자 하는 것을 잊지 말라고 전화했었습니다."

"그의 마지막 유언은 모든 병원비가 즉시 지불되는 것이었습니다."

"안녕, 나는 이빨 요정인데, 혹시 당신이 어렸을 때 내게 팔았던 이빨을
다시 사고 싶은 생각 없어요? 내가 요즘 궁하거든요."

"10만 달러짜리 수표야. 마음에 들어?"

"멋있는 전도사가 텔레비전에 나오기에 집에 있는 모든 것을 헌납했지요."

"내가 더 많이 번다는 게 당신을 괴롭힌다면 미안해요."

"얘야, 항상 기억해라. 눈에 보이는 것이 진실은 아니란다.
진실한 것은 돈뿐이야."

"결국 나는 죽도록 일하지 않아도 돈이 굴러 들어오는
그런 일을 하고 싶다는 거지."

주가 폭락

"벼락 맞기 전에 난 손 털래."

"현실을 직시하자고…… 사람들의 가장 친한 친구는 바로 돈이야."

"물론 그들은 영리하지. 그리고 영리해야만 하지. 그들은 돈이 없으니까 말이야."

자, 여기 세상에 단 하나밖에 없는 50파운드짜리 멋진 돌이 있습니다. 누가 먼저 입찰을 하시겠습니까?
소더비(SOTHEBY) I세

"마침내 깨달았어요. 우리가 싸구려 소파에 앉을 돈밖에 없다는 것을."

"돈 낼 사람이 정해지려면 시간이 좀 더 걸릴 것 같은데요."

"애들아, 내가 작년에 가져오라고 했던 사탕 기부 영수증 안 가져왔지, 그치?"*

---

* 할로윈 데이. 집에 찾아오는 아이들에게 사탕을 나누어 주는 날.

"안녕하세요, 고객님은 아마 '내게 또 다른 신용 카드가 왜 필요한가'를
자문하고 계시겠죠?"

"바비야, 새 돈이란 전에 못 벌었던 돈을 말한단다."

현금 인출기

"자, 한번 봐, 행복보다야 이런 것들이 훨씬 더 좋지 않아?"

"나는 평생 승마를 할 거야. 그러기 위해서는 앞으로 은행이나 보험
또는 부동산 업계에서 일을 해야겠지."

"어음을 부도낼 건데요."

"당신들 돈이 그동안은 당신들을 위해 일하고 **있었지만**
지금은 저를 위해 일하고 있는데요!"

인형놀이

"여보세요, 제 브로커와 통화할 수 있을까요?"

시간 참 빠르네.
시간은 돈인데.
BEK

"아빠, 학장님이 아빠의 재정 서류를 검토했는데, 아빠가 기부할 수 있는 만큼
안 하고 게으름 피운다고 생각하고 있어요."

"비슬리 부인이 돈 한 컵만 빌려 달래요."

퍼스트 내셔날 예술인 은행

절대로 비웃지 않고
친절히 상담해 드립니다.

부동산이나 자동차 담보 없이 대출 가능.

흥미롭고 서민적인 기념품들.

달러의 서명이 들어 있는
석판화

최근 재출시된
오르넷 콜맨 음반

월트 위트맨의 윤고판 시집

당신의 독특한 문제들을
이해하는 직원들이 있습니다.

R. Chast

"백만장자들을 위하여, 천만장자들을 위하여, 억만장자들을 위하여!
내가 혹시 누구 빠뜨린 사람 있나?"

"밥 먹을 땐 개도 안 건드린다는데 뭐야?"

"자네가 내 딸을 사랑한다는 것은 알지만, 자네 입에 풀칠하기도 힘든 처지에
내 딸을 먹여 살릴 수 있겠나?"

"아줌마들의 은행일을 친절하게 도와줄 사람은 안 써요?"

"벌써 마흔이 다 되어 가는데 이젠 우리도 집 같은 것을 장만해야
되지 않을까?"

"미다스*가 모든 것을 금에 투자한다고 들었네."

---

* 손만 닿으면 모든 것을 금으로 변하게 했던 그리스 신화의 주인공.

"관리 잘해서 돈 안 뜯기고 살 수 있는 방법 없을까?"

"나도 해주고 싶어 바바라, 하지만 독일 연방 은행에 먼저 알아봐야 될 것 같아."

"난 월 가에서 돈을 많이 벌지만, 그건 내가 원하는 것이 아니야.
내가 정말로 원하는 것은 상류 사회에 진출하는 거야."

"신용 정보 회사에서 곧 들이닥치겠다는군."

ROLANG.PIROT
탄생 — 다우 지수 80
죽음 — 다우 지수 9,000
D. Reilly

"나는 당신과 우리 가족 모두를 사랑해. 그리고
우리의 채무 상태에 대해서도 만족해."

고액 연봉자의 생활

자기앞 수표
02732946 AL2
021193
PAY TO THE ORDER OF   STAN   N $ 1642.90
ON
ORTY TWO DOLLARS AND 90/100
AU
FIRST   Y BANK & TRUST
COMPTROLLER
0 214 G8 71: 22450 9 046   0 263302-7

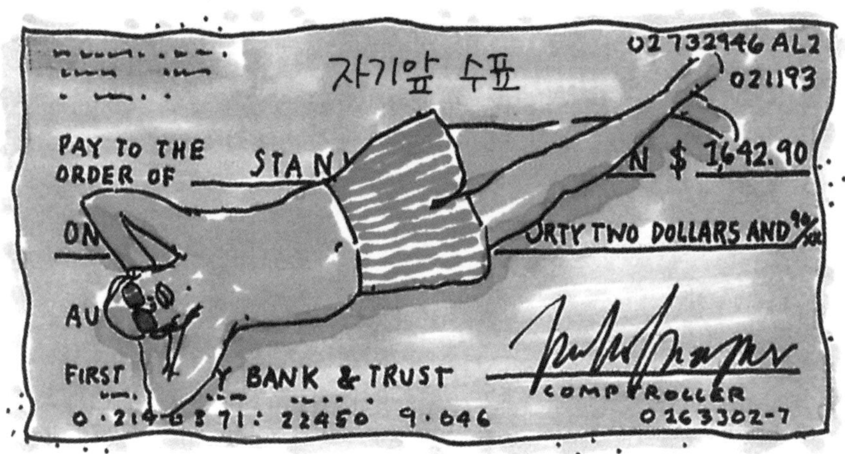

"너는 무엇 때문에 우리 각자가 날마다 새로 부담해야 하는 나라 빚을 애기해
주는 거니? 그것도 매번 저녁 식사 시간마다 말이야."

"내가 연금으로 처음 수령한 수표라네."

"그래 다우 존시*가 자네를 만족시켰는가?"

* 다우 존스를 의인화한 말.

"아주 좋은 조건으로 아파트를 구입했거든요, 그런데 불행하게도
그 권리에 채굴권은 포함되지 않았어요."

"제 수임료가 좀 비싼데……. 돈이 조금밖에 없으시다면, 딴 데 한번 가보시죠."

"그래, 근데 돈 가진 것 좀 있어? 돈 좀 빌려 주지 않을래?
돈 있는 사람 좀 알아? 어디서 돈 좀 빌릴 수 없을까?"

"어떤 면에서는 당신들과 똑같다고 할 수 있지요. 우리 모두
다른 사람들의 돈에 의존해서 산다는 점에서 말입니다."

"오, 이런, 정말 미안합니다. 바로 5분 전에 통화한 어떤 브로커에게
3백만 달러를 맡겨 버렸네요."

"기억 나? 불과 몇 년 전만 해도 모든 것이 섹스, 섹스, 섹스였지."

예술가의 비애

"내가 정말로 표현하고 싶은 것을 할 수 있도록 후원해 주면 좋겠는데."

"나는 내 전 재산을 모두 쓸모없는 물건에라도 탕진해 버리기로 했네."

"저기, 저기 있잖아. 우리에게 손가락으로 욕하는 보이지 않는 저 손."

미국에서 가장 탐욕스러운 재벌 회장들이
자만심과 굴욕감에 관하여 나누는 몽상 엿듣기

"브로데릭, 운이 없는 다른 사람들을 등쳐서 돈을 벌게 된다면
내게 말해 준다고 약속해요."

"난 어떤 문제든 심사숙고하는 걸 좋아하지만, 돈이 된다면
쉽게 결정해 버리지."

"생각해 보니까 네가 제시한 삶의 방식으로는 돈을 많이 못 벌겠더구나."

"거참, 이 새로 나온 20달러짜리 지폐들은 꼭 모노폴리* 돈처럼 가치가 없군."

---

* 아이들 놀이용 투자 게임.

지위 고하를 막론하고, '돈에 웃고, 돈에 울고, 돈을 꿈꾸는' 모든 세상 사람들에게 이 책을 권한다. 돈은 그 형태만 달라져 왔을 뿐 인류의 역사와 함께한 일종의 필요악이라 할 수 있다. 현재도 각 나라의 경제 시스템과 문화의 차이로 인하여 그 외형적인 모습만 다를 뿐 모든 사람의 돈에 대한 생각은 거의 차이가 없다. 많이 가지면 가질수록 더 가지고 싶어하는 물질 만능주의를 대표하는 '돈'의 기이한 단면을 〈뉴요커〉의 시사만화들은 재치 있게 지적해 주고 있다.

사회 곳곳에서 일어나는 여러 사건들이 돈에 의해서 그리고 돈을 위해서 발생되고 있으며, 여기에 실린 시사만화들은 통렬한 비판적 시각으로 이러한 사람들의 행태를 꼬집고 있다. 이는 곧 우리의 자화상을 보는 것 같은 착각을 일으키기도 할 것이며, 심지어는 대리 만족감을 느끼게 할 수도 있을 것이다.

또한 이 시사만화들은 돈이 현대인들에게 어떠한 의미를 갖는가를 적나라하지만 유머를 곁들여 잘 묘사하고 있다. 책의 서문에서 지적했듯이 이 시사만화들이 미국 경제가 서서히 탄력성을 잃어 가고 있을 때 나옴으로써 더욱더 가치를 지녔던 것과 같이, 요즘 우리 사회에서 일어나고 있는 경제 현상,

돈에 관련된 모든 사회 현상들과 매우 유사한 부분들도 실려 있어 공감대를 형성할 것이다.

이 책에 실린 시사만화들에 소개되는 인물들은 우리가 일상에서 만날 수 있는 이웃 사람들부터 돈을 다루는 펀드 매니저 등의 전문직 종사자들, 그리고 접할 기회가 거의 없는 소위 사회의 지도층 인사들로서 이 시사만화들은 그들이 갖고 있는 돈에 대한 생각들을 단편적으로나마 엿볼 기회를 제공한다.

여기에 실린 시사만화들은 우리 일상 생활과 매우 밀접한 관계를 지녔으므로, 돈에 관한 문화적 정서 차이와 개인 경제 운용 시스템의 차이 등을 고려하여 재해석되었다. 즉, 이 시사만화들이 미국 경제 시스템에 맞추어져 있기 때문에 우리 독자들이 느끼는 괴리감을 최소화하고자 가급적 현재 우리 사회의 정서에 맞게 번안하였음을 밝히고자 한다.

2004년 3월

양 기 찬

로버트 맨코프(Robert Mankoff)

이 책을 엮은 로버트 맨코프는 〈뉴요커〉의 시사만화 편집장이며, 카툰뱅크의 설립자이자 회장이고, 자타가 공인하는 시사만화가이다. 그는 〈뉴요커〉의 비즈니스에 대한 시사만화집을 포함해 많은 시사만화집들을 출간했다. 그는 뉴욕에서 그의 부인과 아이들, 애완동물들과 살고 있다.

크리스토퍼 버클리(Christopher Buckley)

머리말을 쓴 크리스토퍼 버클리는 〈Forbes FYI〉 잡지의 편집장이며 여덟 권의 책을 저술하기도 했다. 그럼에도 그는 돈이 별로 많은 것 같지 않다. 그는 부인과 딸과 아들, 개와 함께 워싱턴 D.C.에서 살고 있다.

양기찬

옮긴이 양기찬은 1962년 서울에서 출생하여 미국 레인 테크니컬 고등학교와 연세대학교 및 동 대학원 불어불문학과를 졸업하고 프랑스 파리 3대학에서 비교문학으로 박사학위를 받았다. 현재 연세대학교, 순천향대학교, 수원대학교에 출강하며, 미국 조지아 대학교 객원교수를 역임했다. 옮긴 책으로는 《나쁜 엄마 나쁜 아빠》, 《행복한 돈 불행한 돈》이 있고 공역으로 〈풋루즈(Footloose)〉(뮤지컬), 《피가로의 결혼》이 있다.

행복한 돈 불행한 돈

초판 1쇄 인쇄일 · 2004년 4월 1일
초판 1쇄 발행일 · 2004년 4월 6일
엮은이 · 로버트 맨코프
옮긴이 · 양기찬
펴낸이 · 임성규
펴낸곳 · 문이당

등록 · 1988. 11. 5. 제1-832호
주소 · 서울시 성북구 동소문동 4가 111번지
전화 · 928-8741~3(영) 927-4990~2(편)
팩스 · 925-5406
ⓒ 문이당, 2004

홈페이지 http://www.munidang.com
전자우편 webmaster@munidang.com

ISBN 89-7456-245-6 03840

값은 뒤 표지에 표시되어 있습니다.
잘못된 책은 바꾸어 드립니다.
이 책의 한국어 판권은 문이당에 있습니다.
문이당의 서면 동의 없는 무단 전재 및 복제를 금합니다.